그 이후의 여행

그 이후의 여행

시 · 사진 이문연

정은출판

| 시인의 말 |

샤워할 때 손이 닿지 않는 곳이 있다.
등허리다.
외로운 곳이다.
내 몸이지만 내가 다독여주지 못하는 곳이기에

삶에도 그런 시간이, 그런 공간이 있다.
그럴 때마다 詩시라는 녀석이
나의 등허리를 다독여 주었다.
그렇기에 '그 이후의 여행'도
즐거울 것만 같다.

2019년 3월
이문연

| **차례** |

제2부

제3부

제 1 부

유채꽃 피는 3월부터 3개월

창밖으로 바다가 보이는 섬에서
딱 3개월만 살아보기로 했다

아내와 싸한 새벽공기 마시며
올레길 걸으며 걷고 또 걷기로 했다

유채꽃 향기 방으로 데려와
검정콩 잡곡밥 해 먹으며
한바탕 웃음 지며
반평생 내 마음에 담긴 쓴물들
원죄들
모-두 용서하기로 했다

3월부터 3개월 유채꽃 피는 섬
제주에서
여리디 여린 새순 돋는 땅에서
섬을 닮아 보기로 했다

물풀

땅속에 뿌리를 뻗기도 싫어 이제는 온몸으로
세상을 부비며 살고 싶다 짜릿한 전율만 있는
세상에 누우면 모두 사랑할 수 있어
사랑할 수 있다니까 물이 깊은 곳에서는
내 키 낮출 줄도 알며 얕은 곳에서는
솜털뿌리로 몸 지탱할 줄 아는 이제 오십의 강어귀

나는 지금 세곡동으로 간다

수서역에 내리면 6번 마을버스
자취시절 내 공복처럼
텅 빈 몸으로 다가와
쟁골마을 지나
은곡마을 가자 하네
고개 다다르면 굴참나무들
고전같은 기억으로 나를 반기며
가슴에 쌓인 도시의 찌꺼기
이젠 침묵으로 가라 앉힐 수 있네
가녀린 보안등 지주에 눈 내리면 알거나
한쪽 어깨 휘어져 살아온 그림자
아니야 아니야 사람들 말하지만
세곡동에 가면 알 수 있네

깃털 하나

어느 새의 깃털일까
눈 내리는 출근길
땅에 떨어진
아직은 따뜻하고 가냘픈 슬픔을
하나 줍는다

겨울 하늘을 날다
사랑이 식은걸까
가만히 귀 기울이면
아득한 창공에서 들려오는
종족들의 허밍 코러스

고드름

땅에 얼마나 큰 죄가 깔려있기에
엄동설한 그렇게 머리 곤두박질하고
내려오지 못 하는거니

봄이 오면
눈물 뚝뚝 떨구며
사랑을 애기할거니
용서를 애기할거니

안경
50%

흙비

흙비가 온다고 어머니는
장독을 닫으라고
빨래를 걷으라고 하시면서
밭일을 나가시곤 하셨다
누님의 입술처럼 빨간 앵두 열매들이
파란 봄하늘을 이고
뒤뜰 장독대 옆에서
함박 웃음을 짓고 있을 때
흙비는 나의 허리를 찔렀다
하나님도 화가 나시면
사랑을 주시지 않는구나

竹田里죽전리에서

눈이 오면 竹田里죽전리에 가야 한다

비록 지상의 꿈들이
노아의 홍수처럼 용서없이 묻히는
눈오는 겨울이라도
내 마음에 봄나물처럼 돋아나는
외할머니의 메마른 그림자 만나러
나는 43번 국도를 타야 한다

눈이 푹푹 쌓이는 이 밤
가난해서 행복한 내가
가난해서 행복하신 외할머니를 만나면
나는 점점 시간의 탕자가 된다

나는 그때
외할머니가 겨울밤을 홀로 무겁게 돌리시는 맷돌이
정을 감기 위한 것이라는 것을 왜 몰랐을까

나는 그때
사랑방 천정에 다리를 쭉쭉 뻗고
힘없이 매어달린 메주덩이들이
왜 침묵해야 하는지를 몰랐다
또 화롯불이 왜그리 신열처럼
뜨겁게 달아올라야 하는지를

오늘, 저토록 내리는 눈을 보며
세상을 사랑하기 위한 법이 침묵임을
일찍이 일러주셨던 당신 앞에서
눈오는 마을은 또 한 번 외롭지만
아, 나의 추억은
세월이 흐를수록 새순처럼 쑥쑥 자라고 있다

눈이 오면 竹田里죽전리에 가야 한다

아무것도 아닌

아무것도 아닌 것을 위해
기다린다
아무것도 아닌 것을 위해
아파하고
아무것도 아닌 것을 위해
외로워 한다

아무것도 아닌 것을 하다
쓰러지고
아무것도 아닌 것을 하다
눈이 먼다

아무것도 아닌 것이
아무것도 아닌 것을 위하여
아무것도 아닌 곳으로
나를 끌고 간다

종소리

자기 몸
으깨어서 떠나간다
가다가 하나의 生생이 없어지면
또 뒤에서 튼튼한 녀석들 밀고 따라와
소리의 生생을 잇고
결국, 어머니의 탯줄이 된다
여러 갈래로 가고 싶은 곳을 찾아
앞서거니 뒷서거니
어디에 가 닿아도
홀로 피어야 한다는 것을 잘 아는 녀석들
저렇게 피멍 들도록 몸 으깨어
온전한 분신으로 떠날 수 있는 것도
오직 사랑 때문일 터이지만

그곳에 가면
그럴싸한 탑 하나 쌓을 수 있을는지?
그곳에 가면
또 하나의 몸이

또 하나의 몸을 밀어내며
텟줄같은 사랑을 할 수 있을는지?

수술실 앞에서

아내가 수술실로 실려 들어간다

수술실 문이 닫히기 전
보이는 쬐그만 발바닥 두 개
병실 복도에까지
가을 햇살 길게 누워
아내의 발바닥을 간지른다

살아온 무게만큼 떨어져나간
몇 겹의 각질처럼
내 가슴 두근거리며
나를 떨구고 있는 월요일 오후
살며시 떠나가네

마음

나이 육십이 되면
나는 다 이루었다고 말할 수 있으리라
생각했었다

나이 육십이 되면
슬픈 일보다 기쁜 일들만 있을 것이라고
생각했었다

저 너머
가슴 일렁이는 일들만 있을 것이라고
저 깊은 마음의 바닷속에
진주같은 부드러움만 일렁일 것이라고
생각했었다

나이 육십이 되면
사람이 그리워지고
나이 육십이 되면

정말 앞으로 가기 싫은 날들이
기다리고 있다는 것을
왜 미처 몰랐을까

아버지의 뒷모습

당신의 뒷모습은
푸르다 못해 검은
동해바다

은행나무 아래 구두 수선점

암사역 3번 출구
은행나무 아래 구두 수선점 한 켠
나란히 앉아 있는 구두들
전동차 노약자석에 앉아 계시는 어르신들처럼
모두가 힘이 없다

누구보다 열심히 떳떳하게 살아온 날들
비가 오나 눈이 오나
이 땅을 단단히 다지며 다니지 않았던가
한쪽만이 닳았다
아버지의 어깨가 그랬다

구두수선공은 가끔 고개를 갸우뚱거리며
구두 굽의 통증을 그라인더로 야무지게도 갈아 낸다
이제 사천 원에 광택도 내어 보잖다

매미소리

매미소리 한 옥타브에
내 삶이 부끄러워지던 여름날

어느 시인은 여름이 뜨거워서
매미가 우는 것이 아니라
매미가 울기 때문에 뜨겁다지만
가만히 귀 기울이고 들어볼 일이다

일주일 전생애를
찬양만으로 보내는 너의 삶
비우는 것보다 채우는 것에 익숙한
고단한 허물을 벗는 소리여!

또다른 여름이 오면
나도 너의 한 살이처럼
네 허물의 등에 업혀
자유의 노래를 부르고 싶다

휴일

시도 사진도 안 되는 날에는
머리도 감지 말자

어차피 산다는 건 아침마다
비릿한 세상의 기름
감아내는 일이지만,

시도 사진도 안 되는 날에는
머리도 감지 말자

다림질 잘하는 남자

살아오면서 반듯하게 와이셔츠
한 번 다려보지 못했다

한 주일 입을
다섯 장의 셔츠를 다리면서
나는 성자가 되어 보기로 한다

세상이 맥없이 펴지고
죄의 그림자도 없어진다
신기하여라

한 뼘 크기 육신의 체온으로도
구겨진 세상이 사랑으로 바뀌는
저 모세의 기적같은

넓은 등판을 다릴 때면
노동의 땀마저 소리없이
말라가는 모습 앞에서
내 상투같은 자존심도 눕는다

가을에는

지난 봄 구례 화엄사 홍매화가
사람들을 그렇게 많이 불러 모으더니
이 가을은 홍매화보다 더 화려한 색들이
내 마음을 유혹한다
유혹은 유혹을 낳아
오죽하면 시력을 잃을지도 몰라
전전긍긍 해야만 해
가슴에 큰 구멍이 뚫릴지도 몰라
그곳으로 떨어지는 연습을 해야만 해
이 가을에는

나이테

참나무 토막 안에
한 삶이 똬리를 틀고 앉아 있다
들여다볼수록
단단한 生생
비바람 불어도 제 몸 피흘리며
온몸으로 새겼을 文身문신
거룩한 제전이어라

관심

누군가 신문을 보고
전동차 선반위에 던져놨다
신문기사를 보며
고개를 끄덕이다가
혀를 차다가 그래도
세상은 살만하다고 말했을까
아니면 지옥이라고 말했을까

그리움

서울 객지생활 사십 년에
고향과 이어진 끈은
세월이 갈수록 더 굵고 단단해졌다

나 죽을 때 무덤까지 가지고 가야할 끈이다

제 2 부

지퍼를 올리며

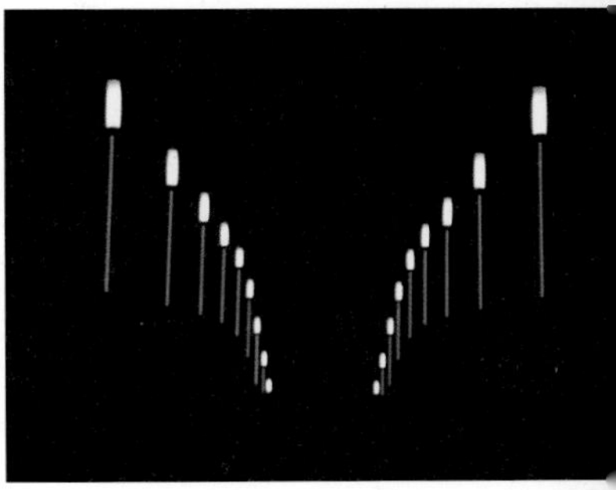

참 야무지게도 살아간다
치통 하나없이 어쩌면
그렇게 찬바람 막으며 살 수 있니

아침마다 너처럼 살아가겠다고
엄지에 힘을 주지만
겨울이 오기도 전에
내 풍치처럼 늘 시리기만 하다

모든 것이 허물어져 가던 젊은 날,
단단해져야지
꿈을 꾸는 것이 일상이 되고
내 잇몸에 바람 숭숭 들어오는
오십이 다가 왔는데
이 아침,
내 몸뚱이 차가워질까봐
그래도 야멸차게 입술 닫아주는 너는
나에게 무엇이더냐

또래

은퇴교육을 받고 있다
아침 일찍 일어나 수안보 사우나를 갔는데
고만고만한 내 유년시절 소년들이
전깃줄에 철새 앉듯 욕탕에 걸터앉아 있다
모두 살아온 날들을 회상하는 걸까
앞으로 살아갈 날들을 두려워하는 걸까
자기 삶의 깊이만큼
몸을 담근 채 허공을 바라본다
이제 손이 닿지 않는 등허리의 외로움을
세월의 바람이 긁어주랴
친구야 친구야

거미

허공에 하얀 먹줄 튕기며 집을 짓는다
지붕도 없는 집을
실룩실룩 꽁무니로 희망의 파도를 치며
가지런하게 평수만 나누어 놓는다
서커스같은 내 인생을 살아봐야지
텅 빈 마음으로 그물을 던져야지
밤새 촘촘하게 걸려드는 부나방들
아침이 오면 그들곁에 살며시 다가가
가슴에 귀를 대어 보아야지
아직 따뜻한 숨소리 들릴라나
무거웠던 삶의 어깨 토닥토닥 두드려주며
눈물로 위로를 해주어야지
아침이 오면,

그 이후의 여행

나를 세상에 풀어내는 일은
나의 고삐를 풀어내는 일이다
묵묵히 사막을 걷던 낙타가
주인도 없이
홀로 걷는 다는 것을 알아내는 일이다

나를 세상에 풀어내는 일은
사자가 되는 일이다
거리낌 없이 포효하며
오른쪽에서나 왼쪽에서나
가운데서나 내가 주인이 되는 일이다

나를 세상에 풀어내는 일은
낙타도 사자도 아닌
어린아이가 되는 일이다
가면을 벗고
온몸으로 꺄르르 꺄르르 웃는 일이다

나의 공간

휴일 아침 거실탁자에서
아파트 창밖을 바라보니
울긋불긋 정읍 내장산 단풍만큼이나
요란한 아파트 마당숲이다

한참을 보고 있자니 풍경은 어디가고
베란다 난간이 눈에 들어 온다
집이 가장 자유로운 곳이라고 자위하던
생각이 급반전 되어
창살안에 내가 갇혀 있다
가장 자유롭다고 생각했던 곳이
가장 넓다고 생각했던 곳이
가장 좁은 공간이었던 셈이다

강남에 가면 자작나무가 있다

강남에 가면
자작나무가 있다

역삼역 1번 출구
사람들이 외면하는 뒷길
야윈 녀석들 몇몇이 서서
겨울 이야기를 한다

한강 바람은 압구정을 거쳐
역삼동으로 불어와
녀석과 귀엣말로
도시를 하얗게 만들어 보잖다

아침 햇살에 더욱 빛나는 육신들
도시의 푯대가 되고
흔들거리면서 부대끼면서
고해성사를 한다

강남에 가면
자작나무가 있다

서울 허수아비

녀석은 살아갈수록 배짱만 커진다

몸까지 단단해져
이제는 바람도
녀석을 이길 수 없는 모양이다
무엇을 지키려는 것이냐
이 깊은 도시에 홀로

아득한 추억의 그림자도 없는
서울의 골목
목련꽃 환한 그늘 아래에서
붉은 입술을 한 번 깨물어 본다

말랑말랑 해져야지
번쩍 올린 두 팔은 더듬이가 되어야지

까치집

행복하여라 그대
바람 불면 부는 대로
어허라 어허라까치집
춤출 수 있어 좋아라
소나무 위 하늘 가까운 곳
노래하며 비 맞아도
그대 행복하여라

오를 수 없어 슬픈 놈
습한 벽에 기대어
화석으로 미소 짓지만
낮은 키 더 낮아져
꿈으로만 저 소나무 휘어 감아보네
집을 지어보네
어허라 어허라
바람 부니 나도 춤출 수 있네

하수도

그대 맨홀뚜껑을 열고
하수도관을 내려다 본 적이 있는가
용암처럼 뜨거운 피가 흐른다
아직 혈기가 있어 입에서는 하얀 김을 내어 뿜는다
몇 날 며칠 어깨를 부딪치며 흘러온 것일까
집집마다 사람들이 외면한 것들이 모여
저렇게 힘찬 노래를 부른다

억새

건너 마을 둑방길 따라
잔칫집에 다녀오시는
어르신들의 하얀 두루마기 행렬이
너를 닮았다

이제 손사래질도 닮았나보다
일생 동안
그립지 않은 것들을 닦아내는 일이
그렇게도 힘들었니
허리마저 가냘프게 깎여
석양 무렵 네 앞에 서면
살아온 너의 삶은
더 진하게 나에게 다가온다

목련나무에게

도시의 가장처럼
너는 참 맥없이 컸구나

지난 겨울 너는 무슨 꿈을
꾸었다고 말해줄래

뿌리에서 줄기로 힘차게 솟아오르는
수액같은 그 용기로 나에게 말해주렴

찬란한 이 봄 밤,
아랫배 볼록한
하얀 잉태의 망울들을 보노라니
네 꿈은 분명, 천사였으리

자화상

오십을 넘게 살아오면서 세상과 살을 섞지 못했다 바보
모든 사람들이 자기 몸을 잃어버리고 세상과 살을 섞을 때
나는 '코이누르'라는 전설의 새를 생각해냈다
눈과 날개가 하나라서 날지 못한다는 새를

출근길

지하철 전동차 안이 아프리카 들판같다

나른한 두 다리를 지탱하고 서 있는데
마침 하차하는 승객이 있어
좌석에 앉으려 하자
한쪽에 서 있던 젊은 여성이
잽싸게 들어와 엉덩이를 들이민다
아프리카 들판을 배회하는
하이에나 보다 빠르다

나도 아침마다 칫솔로 이빨을 날카롭게 갈고
매일 아침 빌딩숲으로 사냥을 가지만
기는 놈 위에 나는 놈 있는 세상이라

출근길 전동차 안은 긴장이 팽팽하다

신新 법어, 함께

'산은 산이요
물은 물이요'라는 법어가 있지만
나는
'아파트는 아파트요
핸드폰은 핸드폰이요'라고 말하고 싶다

자신의 잣대로만 잴 수 있는 삶의 깊이를
깊다 얕다 말할 수 없으리

타인을 규정짓고
자신에게 모든 것을 맞추려했던
프로크루스테스,
행인을 잡아 자기 침대보다
사람이 길면 사람을 자르고
침대보다 사람이 짧으면 사람을 늘려 죽이던

삶의 깊이는

아파트는 아파트일 때
핸드폰은 핸드폰일 때
내가 나를 버리고 당신과 함께일 때
가장 깊고 넓은 바다가 된다

거울로 본 풍경

거울을 보면
내 유년의 뿌리가 거울안에 숨어 있다

거울을 보면
어가 아가 되어 있고
아가 어가 되어 있고
내가 네가 되어 있고
네가 내가 되어 있고

거울을 보면
내 미래의 꿈이 파득파득
저 안에 살아 꿈틀인다

미세먼지 주의보

미세먼지 나쁨 예상
보건용 마스크 준비
외출자제 등 주의 바랍니다
가을겨울봄여름 내내
내 휴대폰에는 미세먼지 주의보
문자가 뜬다
나도 모르게 두 손을 모으고
두 손으로 휴대폰을 감싸고
에덴동산을 회복하여 달라고
생명의 샘을 회복하여 달라고
숨을 자유롭게 쉴 수 있게 하여 달라고
아침 기도를 하곤 한다
그 다음 날에도
그 다음 날에도

봄 길

왕벚나무 꽃눈들 봄 추위에
수줍은 듯 머리를 내밀지 못하고 있네요
보석 박히듯 눈매 초롱초롱 하늘에 박혀있구요
직박구리 한 쌍이 나뭇가지 위에서
신혼의 단맛을 만끽하는 봄 아침이네요

지문

엄지에 내 삶의 길이만큼
오롯이 감겨있는 나이테 몇 줄

삶의 무게로 닳아
지문이 찍혀지지 않는다

속살 어딘가에 깊이 감겨있을
엇갈린 영혼의 올들,
두 눈 부릅뜨고 찾아야하리
어차피 생은
너와 나의 숨바꼭질이지 않겠는가

매일이라는 굴레속에서
가득히 채우고자하나
채워지지 않는
시간의 술래를 잡기위한

추억의 건빵

날은 추워지는데
거리에서 건빵장수가 추억을 판다
덜덜거리는 트럭안에서
부부가 건빵을 판다

신작로 걸어가며 먹던
코흘리며 먹던
미류나무 아래서 책보따리 질끈 매고 먹던
오, 사랑의 건빵

찬바람부니 더 사랑스런 건빵
촉촉해지는 추억이 돋아나네

선풍기

뜨겁게 당신을 사랑했어요
어지럼증이 날 정도로
내 몸을 내어 맡기며
사랑했어요 당신을

제 3 부

강이 보이는 마을

강이 한 마을을 휘감고 흐른다

말이 없어 더 듬직한 강,
마을 사람들은 평생 저 강을 닮고 싶었을게다
운무가 끼는 날이면
사람들의 어깨는 더 처지고
눈매는 더 날카로워졌을테지

추곡 수매하는 농협을 지나
송학중학교 정문에는
'○○○영어 선생님 전입을 축하합니다.' 라는 현수막이
쓰러진 세상을 일으켜 세우려는 듯
바람에 전신을 내어 맡기고 있다

강은 마을을 멀리하고
건너편 가장자리로만 자꾸 흐르는 데
사람들은 잃어버린 꿈을 찾아 오늘도
강으로 강으로 나가고 있는 것이다

나는 도청기를 갖고 있지 않다

아홉 시 뉴스를 틀었는데
아니 생방송 중인 아홉 시 뉴스를 틀었는데
앵커맨 옆에 허름한 사내가 갑자기 나타나
자기 귀에 누가 도청기를
꽂아 놓고 가버렸다고 소리를 질러댄다

세상을 살아가는데
도청기가 있다면 참 편리할 것 같다

도청기가 있다면
보이지 않는 저 무거운 바다속에서 무슨 일이
일어나고 있는지
저 땅끝 마을에서 무슨 일이
일어나고 있는지
지금껏 고향을 지키고 있는
어릴적 불알친구 홍열이가
지금 무슨 생각을 하고 있는지
고민하지 않아도 될 것 같다

돋보기처럼 자유를 주는
쬐그만 도청기가 한 대 있다면
나도 한 번
내 귀에 누가 도청기를 한 대 설치해 놓았다고
소리를 지르고 싶다

행복론

행복은 실선이 아니라 점선 점선 점선 점선 점선이다
행복은 나무 가지 끝에 달리는 것이 아니라
삶의 마디마디에 박히는 옹이다

사실조사서

동사무소에 가자
색바랜 용지에 사실조사서를 쓰자
동사무소에 가자
김씨도 이씨도 살지 않는 곳
지하방에 가면
긴 시간을 비워놓은 외진 꿈,
아득한 전화번호도 착신이 금지되어
'조사결과 : 거주하지 않음(0)'에
나는 마침표를 찍어야 한다
허나 살아야하리 너는
너와 내가 만나지 못할 골목에 서 있을지라도
꿈마저 말소되어서는 안 될 일

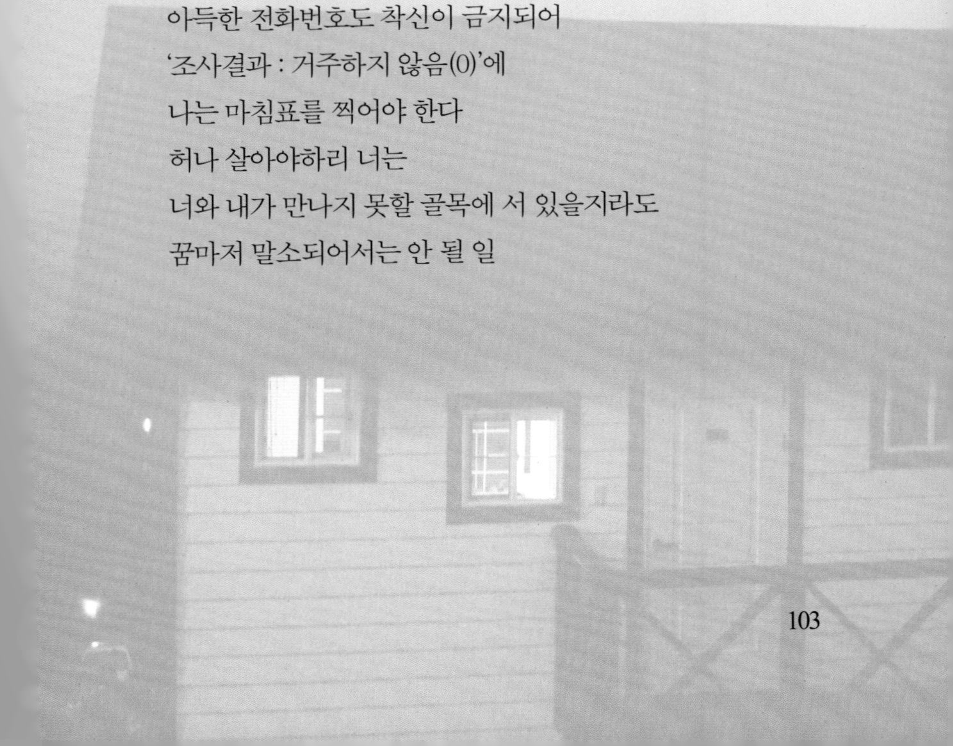

퇴직

늙는 일만 남았는데 이렇게 좋다
잘게 부서지는 일만 남았는데 이렇게 좋다
방아깨비처럼 한세월 끄덕거리다가
비슬산 은사시나무 이파리떼처럼
일제히 하얀배를 내어밀었다가
허공에서 간혹 자맥질하다가
가을이 되어 누군가에게 거름이 된다는거
누군가에게 숙성된 노래가 된다는거

양수리에서

할머니가 옛날 얘기해주실 때
무릎에 누워 서쪽 하늘 바라보면
유난히 반짝이던 별 하나
아직 양수리에 살아 있다

투명하게 웃던 그 모습
그리움 묻어나는 강가에
아직 살아 있다

오랜 세월 너를 보지 못했지
슬픈 바람이 불어도
우리 작은 어깨 토닥이며
서로 안부 전하자

구원

아브라함이이삭을낳고이삭은야곱을낳고
야곱은유다와그의형제들을낳고
유다는다말에게서베레스와세라를낳고
베레스는헤스론을낳고헤스론은람을낳고
낳
고
낳고낳고나는나를낳고
나는나를죽이고나를구원하네

구시포 가는 길

언제부터인가 나는 먼 곳을 바라보는
습관이 생겼다

세상의 찌꺼기 씻어낸다고 올 여름에도
만경들판 지나
선운사 지나
멀리 수평선 바라볼 수 있는 구시포를 찾아가는 데
빨간 고추잠자리 한 마리가
자동차 백미러에 덜렁 올라 앉아
자기도 세상의 찌꺼기 씻어내야 한다며
무임 승차를 한다

여름이면 사람만이 지쳐 있는 줄 알았는데
세상의 생명 있는 모든 만물이
싱싱한 공기 한 줌이 그리운 게다
옥양목 같은 바닷바람이 그리운 게다

저 먼 곳으로
저 태평양의 가장 깊은 곳으로
끌려가는 썰물의 몸부림이
몸부림이 아니라는 것을
이제는 알 것 같다

먼 곳을 바라보면
그곳이 가장 안온한 곳이라는 것을
만경들판 지나
먼 곳을 바라보면
그곳이 구시포 가는 길이라는 것을

거미줄

외할머니는 늘 나의 가슴에
까만 거미줄을 쳐주곤 하셨다

초등학교 오후반을 마치고
집에 돌아오면 처마밑 제비집에
제비새끼 몇 마리
빠알간 목에 힘줄 세우며 엄마를
찾고 있는데

외할머니는 나의 가슴에
무명실처럼 질긴 거미줄만을
칭칭 감아 주곤 하셨다

제비새끼들은 그 가냘픈 목으로 세상사는 법을
배우고 있었는데

나는 외할머니가 내 몸에 감아 놓은 거미줄을 푸는 것으로

세상 사는 법을 깨치고 있었다

어느 날 제비 엄마가 제 새끼들을
저 아득한 세상의 절벽에 떨구어내고
강남으로 가버렸는데

나는 텅 빈 집마당에서
내 거미줄에 걸린 곤충들을 한 마리 한 마리
솎아내는 법을 배우고 있었다

세월이 흐를수록 제비들의 깃털은 억세어지고
세월이 흐르수록 내 팔뚝의 힘줄은 거칠어지고 있었다

청계천

옛 이야기를 열고 있네요
어둡고 긴 미로의 얼굴이
은피라미 떼처럼 반짝이며
열리고 있어요
세발자전거 유년의 기억도
새록새록 돋고 있어요

하수도 귀퉁이에서
수년 간 홀로 수절한 홀씨 하나,
밤새 잠 뒤척이며 여행 준비를 하네요
가장 낮은 나라에서 가장 높은 꿈을 그리며
닳아서 또 아파해서는 안 될 자유를 그리며

이제 살아온 만큼의 고통은 다 지워지고
솜털에 맑은 바람이 찾아오면
그 허허로운 세상 어귀 한 곳
봉숭아 피는 돌담틈에서

온 하늘을 이고 푸른 이야기 나눌게요

아아 더 낮아질 곳 없어 어둠이 역류하였던 곳
그리고 우리의 눈물이었던 나라
청계천,
이제 아침 햇살 반짝이는 너의 가슴 언저리에서
다시 씨의 여행을 하고 싶다

자작나무 앞에 서면

자작나무 앞에 서면
내 얼굴은 홍조를 띠구요
몸은 수줍음을 타구요
살아온 길을 회개하구요
취하기도 하구요
이유 없이 눈물을 흘리기도 하구요
먼 산을 바라보기도 하구요
그리움에 사무치기도 하구요

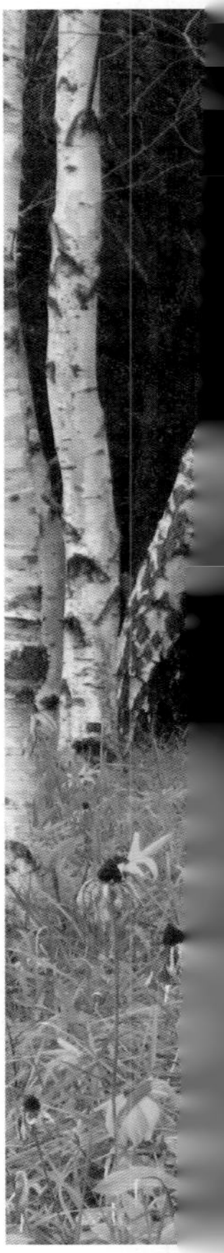

가을나무

까짓거 빈 몸으로
한 세상 버텨보겠다고
오늘 아침도 고운 옷 훌훌 벗는다
출근길, 내 어깨
툭! 툭! 치며 묻는다
엄동설한 빈 몸으로
아픈 세상 이겨낼 수 있겠느냐고

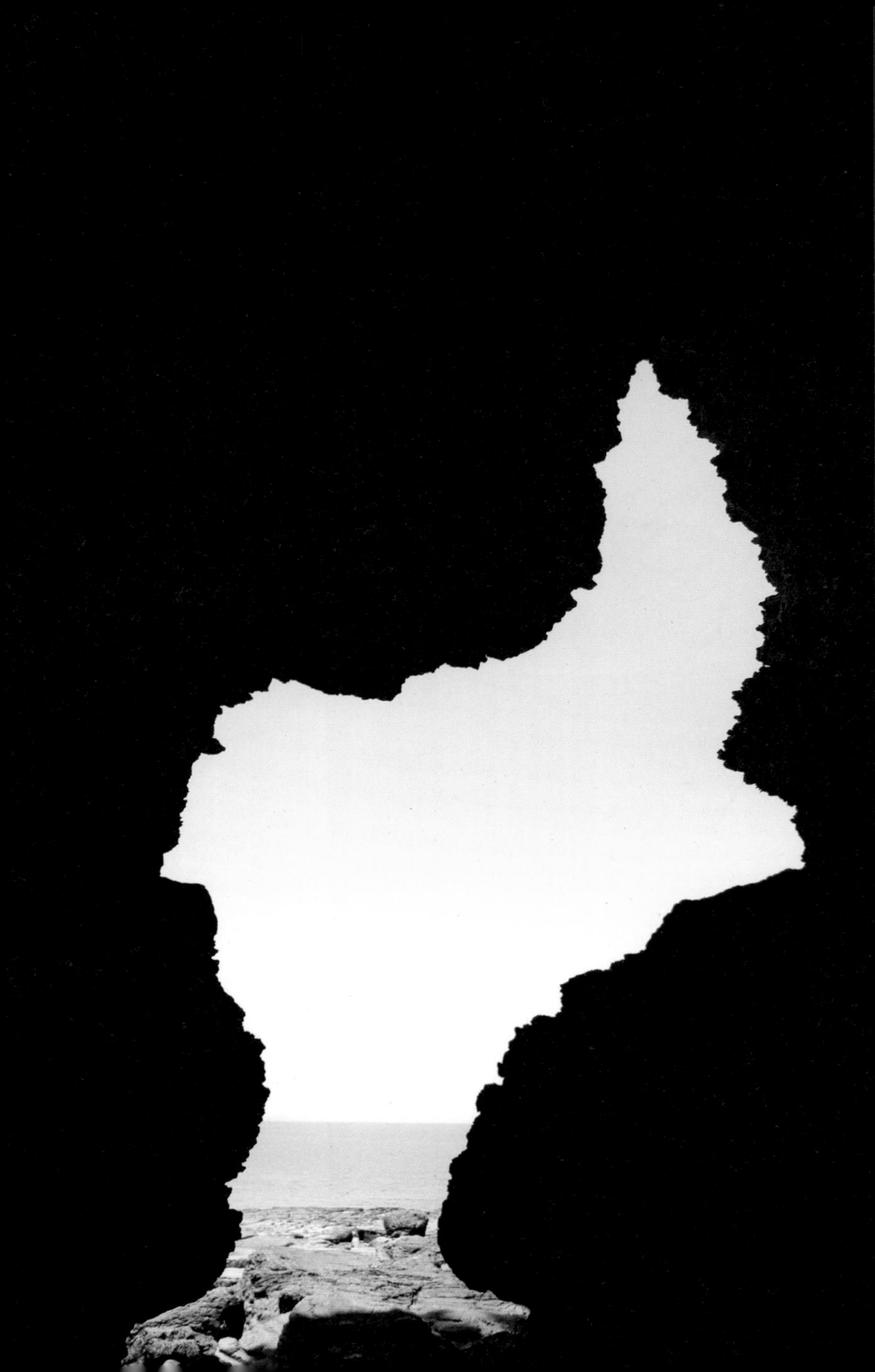

피사의 사탑 앞에서

피사의 사탑 앞에서 사람들이 몰려 사진을 찍는다

사람들은 자꾸 탑을 바로 세우려고 밀어댄다

자기들의 어깨가 기운지도 모르고

나는 그들 뒤에서 한사람 한사람

한참이나 그들의 어깨를 바로 세운다

눈오는 저녁

세상을 바꿔보겠다고
눈은
온종일 뒤척이며 내려
돌아갈 길 마저
잃어버린 저녁
몇몇 사람들이
부삽을 들고 길을 낸다
슬픈 도시의 저녁이다
보안등을 사선으로 긁으며
싸락눈은 싸락 싸락 소리를 내며
이내 생명을 다한다

십오톤 트럭에 가득 실려
테헤란로 거쳐
탄천으로 가면
또 다른 세상을
바꾸러 가는 윤회의 길이어라

시

시가 뭐 별거냐
시는 사기고
시는 아무것도 아닌 것에 대하여
새벽에 자판소리 시끄럽게
모니터에 낙서하는 것이고
내가 그 화면 안에 들어가 앉아
기도하는 것이고
내가 공기 한 점이 되는 것이고
내가 물이 되는 것이고
내가 바람이 되는 것이고
내가 네가 되는 것이고
네가 내가 되는 것이고

순종

밤새 이파리를 다 떨구어 놓았다
바람이 그랬니
어둠이 그랬니
그리움이 그랬니
사랑이 그랬니
이슬이 그랬니

비명도 없이 순종하는 너의 삶에
숙연해지는 나의 아침

딱 한 줄

산문처럼 긴 시보다
딱 한 줄의 시를 쓰고 싶다
아니 딱 한 자 쓰고 싶다
딱 한 줄, 딱 한 자로 그대의 가슴에
불을 지피고 싶다
작두날같은 한 줄이 되어
눕고 싶다
뛰고 싶다
하얀 A4용지 위에서

환절기

나무들도 겨울을 맞으려면 많이 앓는다
한 삶을 보낸다는 것이 어디 그렇게 쉬운 것이랴
살아서 많이 갖고 있던 것들 내려놓는 소리일 테지
한 번 두 번 지었던 죄, 한 잎 두 잎 내려놓는 모습일 테지

바람 시

바람
바람이 시인데
시인은 시를
종이에 오염시키네

바람을 고스란히
종이에 담을 수도 없으면서

내가 바람이고
네가 바람이고자
허공에 그리는 언어의 몸짓

지울 수 없는
이생에서의 너와 나
공존의 진한 노래 그림자

회전문

열린 듯 닫히고
닫힌 듯 열리는
허상의 문따라
나도 돈다

네 칸의 四季사계
끝이 없으나
경계가 있는 門문

우주를 닮았다

| 작품해설 |

속죄로 열어가는 순정한 그리움의 인상적 서정과 힘

- 이경철(문학평론가 · 전 중앙일보 문화부장)

"밤새 이파리를 다 떨구어 놓았다/바람이 그랬니/어둠이 그랬니/그리움이 그랬니/사랑이 그랬니/이슬이 그랬니//비명도 없이 순종하는 너의 삶에/숙연해지는 나의 아침"

-「순종」 전문

솔직한 심사가 드러내는 죄 속의 구원, 좌절 속의 희망

이문연 시인의 처녀시집 『그 이후의 여행』 시편들을 쭉 읽어 내리며 솔직한 심사에 숙연해졌다. 신 앞에 고백하듯 시인의 삶과 마음을 아무런 가식 없이 그대로 드러내고 있다. 그런 시편들이 시인의 추억과 순수와 그리움, 그리고 중년에 이른 삶의 고단함과 구원과 희망을 일관성 있게 꿰나가고 있어 경건하다.

시인이 내 몸이지만 내가 다독여주지 못하는 곳, 그 외로운 등허리를 시로 다독여줬다고 시집 머리에 밝혀놓았듯 바삐 살아오며 우리가 미처 돌보지 못한 곳을 다독여주는 시편들이다. 해서 이번 시집 『그 이후의 여행』은 아등바등한 현실을 살아내며 다친 우리네 마음, 꿈과 미련과 그리움을 위무하고 구원하는 시집이다. 나아가 앞으로의 삶과 세상을 더 맑고 힘차게 가꾸는 시집으로 내겐 경건하게 읽혔다.

그런 이번 시집 시세계가 잘 드러나 있어 이 글 맨 위에 올린 「순종」을 보시라. 가을에서 겨울로 가는듯한 어느 날 아침 잎 다 떨궈버린 나무를 소재로 한 시다. 그런 나무를 보며 시인에게 든 마음을 '바람', '어둠', '그리움', '사랑', '이슬' 등의 시어로 순차적으로 내보이고 있다.

이 시어들의 나열로 벌거벗은 나무와 시인은 차차 한 몸이 돼가고 있다. 바람 잘 날 없는 우리네 삶에도 어둠이 있고 그리움과 사랑도 있지 않은가. 그런 쓰리고 그립고 아픈 속내를 비명도 없이 떨궈버리고 겨울에 순종하는 나무, 그리고 우리네 삶과 꿈은 매 한가지 아니겠는가. 그런 삶의 속내, 비명을 선명한 이미지로 잡아내며 숙연하게 들려주고 있는 시집이 『그 이후의 여행』이다.

"나무들도 겨울을 맞으려면 많이 앓는다/한 삶을 보낸다는 것이 어디 그렇게 쉬운 것이랴/살아서 많이 갖고 있던 것들 내려놓는 소리일 테지/한 번 두 번 지었던 죄, 한 잎 두 잎 내려놓는 모습일 테지"

-「환절기」 전문

「순종」에 이어지는 속편 정도로 읽어도 좋을 시다. 사계절 환절기마다 나무들이 그렇듯 생로병사生老病死, 혹은 유소년기 청년기 장년기 중년기로 이어지는 우리 삶 매듭 매듭에도 통과제의通過祭儀 고통이 따르게 마련이라는 걸 보여주는 시다.

그런 만물의 통과제의 때마다 시인은 죄를 나뭇잎 떨구듯 고해하며 털어내고 있다. 이런 저런 삶에 연유돼 저지를 수밖에 없는 죄, 그런 원죄 같은 죄를 털어내고 사謝하며 점점 성숙하고 깊어지는 게 이번 시집에 실린 시편들이며 시인의 삶이다.

원죄를 속죄, 용서하며 열어가는 순정한 삶과 세상

"강남에 가면/자작나무가 있다//역삼역 1번 출구/사람들이 외면하는 뒷길/야윈 녀석들 몇몇이 서서/겨울 이야기를 한다//한강 바람은 압구정을 거쳐/역삼동으로 불어와/녀석과 귀엣말로/도시를 하얗게 만들어 보잖다//아침 햇살에 더욱 빛나는 육신들/도시의 푯대가 되고/흔들거리면서 부대끼면서/고해성사를 한다//강남에 가면/자작나무가 있다"

-「강남에 가면 자작나무가 있다」 전문

서울 강남 뒷길에서 겨울 한강 바람을 맞고 있는 자작나무를 소재로 한 시다. 시인이 활발히 작품 활동을 펼치고 있는 사진작가여서 그런가. 바람에 휘날리는 서울 도심 자작나무 이미지가 선명히 그려지고 있다. 그런 이미지에 반해 시인은 자작나무와 이야기를 나누며 하나가 돼가고 있다.

지금 우리가 사는 여기 현실의 도시를 하얗게 만들어 보자고. 우리네 세상을 좀 더 인간답게 살만한 세상으로 가꾸어보자고 이야기를 나누고 있다. 시인의 이런 세상에 대한 구원과 희망은 현실에 흔들리고 부대끼면서도 행하는

'고해성사'에서 나온다.

나도 러시아 눈부신 설원에서 자작나무숲을 오랫동안 지켜본 적이 있다. 한겨울 눈보라를 맞으면서도 그 희디흰 자작나무들이 자신의 껍질을 실핏줄이 선명할 정도로 벗기고 있었다. 다가올 봄 더 하얗고 순정하게 맞기 위해 스스로 벌이는 피나는 고해성사를 본 적이 있는데 서울 도심의 자작나무와 이 시가 그때 인상을 선명하게 다시 떠오르게 한다.

이렇게 자작나무가 한겨울 매서운 바람을 맞아 부대끼며, 제 살갗을 피나게 벗기며 고해성사를 하듯 시인도 자신의 죄를 뉘우치며 구원과 희망을 노래하고 있어 이 시집의 진정성, 경건성은 빛나는 것이다. 자신 뿐 아니라 우리네 이웃이며 세상, 우주 삼라만상에 대한 시인의 죄의식은 원죄처럼 그 뿌리가 깊다. 그 뿌리 깊은 죄의식을 진정으로 고백하고 있기에 그 죄는 세상에 대한 연민과 그리움과 구원 등과 한 쾌로 이어지게 되는 것이다.

> "아브라함이이삭을낳고이삭은야곱을낳고/야곱은유다와그의형제들을낳고/유다는다말에게서베레스와세라를낳고/베레스는헤스론을낳고헤스론은람을낳고/낳/고/낳고낳고

나는나를낳고/나는나를죽이고나를구원하네"

-「구원」 전문

하나님 말씀에 순종한 아브라함의 족보를 밝혀놓은『구약성서』한 대목을 그대로 옮겨놓은 듯한 시다. 뱀의 꾐에 넘어간 이브가 선악과를 따먹은 죄를 짓고 에덴동산 낙원에서 쫓겨나 이 세상으로 온 이래 인류는 이브의 원죄에서 자유로울 수 없다는 게 기독교 원죄관이다.

이 시에서는 띄어쓰기 없는 시 형식으로 인류에게 쭉 유전돼온 그런 원죄의식을 환기시키면서 원죄와 죽음을 삶과 구원으로 승화시켜놓고 있다. 시인의 원죄의식과 어떻게 원죄가 구원이 되는가의 뿌리를 드러내고 있는 시다.

"땅에 얼마나 큰 죄가 깔려있기에/엄동설한 그렇게 머리 곤두박질하고/내려오지 못 하는거니//봄이 오면,/눈물 뚝뚝 떨구며/사랑을 얘기할거니/용서를 얘기할거니"

-「고드름」 전문

하늘도 아니고 땅도 아닌 허공에 거꾸로 매달린 고드름

이미지를 인상적으로 그리면서 그 속에서 원죄를 봐내고 있는 시다. 시인은 이렇게 우주에 미만한 원죄를 보고 있다. 그러나 그 원죄는 우리가 통상적으로 알고 있는 죄가 아니다. 고드름처럼 하늘과 땅 사이에 있는 모든 것들의 실존 양상이다.

하늘과 땅, 신과 인간, 이상과 현실 틈새에서 사는 우리네의 실존, 신성을 지녔으면서도 신이 될 수 없는 것들의 한계가 원죄다. 그런 원죄를 솔직히 인정, 사죄하면서 모든 것을 포용할 때 원죄는 구원이고 희망이고 그리움이 된다는 것을 위 시는 인상적으로 보여주고 있다.

"창밖으로 바다가 보이는 섬에서/딱 3개월만 살아보기로 했다//아내와 싸한 새벽공기 마시며,/올레길 걸으며 걷고 또 걷기로 했다//유채꽃 향기 방으로 데려와/검정콩 잡곡밥 해 먹으며/한바탕 웃음 지며/반평생 내 마음에 담긴 쓴물들,/원죄들,/모-두 용서하기로 했다//3월부터 3개월 유채꽃 피는 섬/제주에서/여리디 여린 새순 돋는 땅에서/섬을 닮아 보기로 했다"

-「유채꽃 피는 3월부터 3개월」 전문

참 희망에 넘치는 시편이다. 제주도로 가 유채꽃 피는 계절 3개월만 꿈처럼 살아보자 하고 있으니. 그것도 "여리디 여린 새순 돋는 땅"을 닮기로 했으니 완전 새로 부활한 삶에 대한 희망이다.

아니 꿈이나 희망만은 아니다. 이 시집 시편들 속에서 시인은 실제 그런 삶을 살고 있다. 저 먼 바다 건너 꿈의 이상향인 제주도가 아니라 지금 이곳의 삶에서 매양 부활해 여리고 순정한 삶을 살고 있다. 원죄들을 스스로 사하고 마음을 깨끗하게 다잡으면서.

> "살아오면서 반듯하게 와이셔츠/한 번 다려보지 못했다//한 주일 입을/다섯 장의 셔츠를 다리면서/나는 성자가 되어보기로 한다//세상이 맥없이 펴지고/죄의 그림자도 없어진다/신기하여라//한 뼘 크기 육신의 체온으로도/구겨진 세상이 사랑으로 바뀌는/저 모세의 기적 같은//넓은 등판을 다릴 때면/노동의 땀마저 소리 없이/말라가는 모습 앞에서/내 상투 같은 자존심도 눕는다"
>
> -「다림질 잘하는 남자」 전문

하루하루 일상 속에서 시인이 어떻게 원죄를 씻고 있는지 다림질을 통해 잘 보여주고 있는 시다. 다림질로 옷을 펴듯 구겨진 마음을 바르게 펴는 것이 스스로 죄를 사하는 것이다. 그러면 기적처럼 모든 일이 사랑으로 바뀐다는 것이다.

뿌리 깊은 원죄 의식이니, 사랑이니 해서 이문연 시인의 시세계를 기독교적 세계관으로만 바라볼 일은 아니다. 마음 하나 바로 펴 잡으면 절망도 희망이 되는 게 우리네 삶 아니던가. 스스로 자정自淨하여 되찾은 순정한 마음에 원죄는 현실적 삶 속에서 사랑으로도 연민으로도 그리움으로도 구체적으로 승화되어 가는 게 이번 시집의 특장이요 경건함이다.

퇴직 이후 삶을 경건하게 가꾸어나가는 중년의 시편들

"나이 육십이 되면/나는 다 이루었다고 말할 수 있으리라/생각했었다//나이 육십이 되면/슬픈 일보다 기쁜 일들만 있을 것이라고/생각했었다//저 너머/가슴 일렁이는 일들만 있을 것이라고/저 깊은 마음의 바다 속에/진주 같은 부드러움만 일렁일 것이라고/생각했었다//나이 육십이 되면/사람이 그리워지고/나이 육십이 되면/정말 앞으로 가기 싫은 날들이/기다리고 있다는 것을/왜 미처 몰랐을까"

-「마음」 전문

참 솔직해서 가슴에 직격해 들어오는 시다. 나이 60, 환갑을 맞으며 가슴속에서 절로 우러난 시임을 이 또래의 중년에 든 독자들은 모두 절감하리라. 이렇듯 이번 시집에는 중년에 이른 시인의 솔직한 심사가 절절이 배있어 중년시집으로 읽혀도 좋을 것이다.

앞서 간 사람들이 읊은 시편들을 수집, 정리해 엮어 인류 역사상 가장 오래된 시집인 『시경詩經』을 펴낸 공자는 시를 '사무사思無邪'라고 한 마디로 정의 내렸다. 꾸미거나 거짓되거나 사특한 것이 없어 만인의 가슴에 절절한 공감을 주는 것이 시란 것이다. 그런 사무사의 본보기로 이번 시집을 보아도 좋을 것이다.

환갑을 맞으면 그동안 바쁜 사회생활로 접어두었던 정말 하고 싶고 살고 싶은 삶을 살겠다고 다짐했던 사람들이 그 얼마이겠는가. 그러나 막상 중년에 이르니 그것은 한갓 꿈이었을 뿐 하루하루 맞을 날이 걱정으로만 다가오지 않던가.

그러나 이 또한 마음먹기에 달린 일. 불교에서 말하는 일체유심조一切唯心造라, 세상 만물은 모두 마음이 지어낸 것이니 마음을 어떻게 내고 먹느냐에 만사의 행불행은 달린 것이다. 시인은 앞서 살핀 대로 원죄의 속죄의식으로 마음을 다잡아 나가 앞날을 순정하고 희망차게 바라보고 살아가고 있음을 시편들 곳곳에서 드러내고 있다.

> "까짓 거 빈 몸으로/한 세상 버텨보겠다고/오늘 아침도 고운 옷 훌훌 벗는다/출근길, 내 어깨/툭! 툭! 치며 묻는다/엄동설한 빈 몸으로/아픈 세상 이겨낼 수 있겠느냐고"
>
> -「가을나무」 전문

겨울을 버텨내기 위해 나무가 훌훌 터는 나뭇잎을 맞으며 시인도 마음을 다잡고 있는 시다. 퇴직 이후 엄동설한 빈 몸으로 한 세상 살아가기 위해 마음의 치장을 벗어내고 있는 것이다.

> "행복하여라 그대/바람 불면 부는 대로/어허라 어허라/춤출 수 있어 좋아라/소나무 위 하늘 가까운 곳/노래하며

비 맞아도/그대 행복하여라//오를 수 없어 슬픈 놈/습한 벽에 기대어/화석으로 미소 짓지만/낮은 키 더 낮아져/꿈으로만 저 소나무 휘어 감아보네/집을 지어보네/어허라 어허라/바람 부니 나도 춤출 수 있네"

-「까치집」 전문

전반부에서는 까치집을, 후반부에서는 시인 자신을 둘러보며 비교하고 있는 시다. 소나무 위에 지은 까치집은 바람 불면 부는 대로 출렁출렁 춤출 수 있어 행복하게 바라보고 있다.

시인은 그런 높은 곳에 집을 지을 수 없는 운명을 스스로 받아들이고 있다. 높은 데 올라 하늘에 맞서기 보단 더욱 낮아져 인간의 직분에 만족해야 행복함을 다시금 깨치고 있는 것이다. 인간의 운명에 맞서 신의 경지에 오르려다 진 게 원죄 아니던가.

"나를 세상에 풀어내는 일은/나의 고삐를 풀어내는 일이다/묵묵히 사막을 건던 낙타가/주인도 없이/홀로 걷는 다는 것을 알아내는 일이다//나를 세상에 풀어내는 일은/사자가 되는 일이다/거리낌 없이 포효하며/오른쪽에서나 왼쪽에서나/가운데서나 내가 주인이 되는 일이다//나를 세상에 풀어내는 일은/낙타도 사자도 아닌/어린아이가 되는 일이다/가면을 벗고/온몸으로 꺄르르 꺄르르 웃는 일이다"

-「그 이후의 여행」 전문

이번 시집의 제목이 된 시, 표제시다. 한 시집의 시세계를 아우르며 끌고 갈 수 있는 깊이와 힘이 있어야만 표제시에 오를 수 있다. 총 3연으로 이뤄진 이 시는 시인으로서의 시적 역량이나 시의 깊이 측면에서 표제시를 잘 담당해내고 있다.

각 연 모두를 "나를 세상에 풀어내는 일은"으로 시작하며 반복 효과를 주고 있는 이 시에서 첫 연은 삶을 고삐를 풀고 홀로 가는 낙타에 비유하고 있다. 둘째 연은 거리낌 없이 포효하는 사자에 빗대고 있다. 그러다 마지막 연에서는 그렇게 스스로 주인이 되어 사는 낙타도 사자도 아닌 천진한 어린아이가 되는 것이 진정한 삶이라 하고 있다.

마지막 연에서 "낙타도 사자도 아닌"이라 강조하며 낙타나 사자의 주인으로서의 삶을 부정하는 것처럼 보이나 점

층법으로 나간 이 시는 부정을 위한 부정이 아니다. 제 삶의 주인으로서의 삶을 제대로 못 사는 우리네 현실에서 고삐 푼 낙타나 아무 거리낌 없는 사자의 주체성 있는 삶도 물론 중요하다.

그러나 살아보니 어린아이의 천진한, 가식 없이 온몸으로 사는 삶이 가장 낫다는 것을 설파하고 있는 것이다. 어린이, 천진한 마음은 주인이니 뭐니 분별을 떠나 온몸으로 모든 것을 감격적으로 받아들이니. 그래 나이 들면 다 어린애로 돌아가고 또 어린이는 어른들의 아버지라 하지 않았겠는가.

> "참나무 토막 안에/한 삶이 똬리를 틀고 앉아 있다/들여다볼수록/단단한 生생/비바람 불어도 제 몸 피 흘리며/온몸으로 새겼을 文身문신/거룩한 제전이어라"
>
> -「나이테」 전문

나이테를 보는 시인의 시선이 범상치 않다. 사물, 대상을 카메라 렌즈 들이대듯 일단 사실적으로 묘사하고 나서 자신의 온 삶의 체험에 조회하며 의미를 캐 들어가는 것이 이 시인

시의 특장이다.

나무토막 속에 똬리를 튼 나이테를 "온몸으로 새겼을 문신", 그것도 피 흘리며 새긴 것으로 보는 시선이 참 거룩하다. 피 흘리며, 반성하며 살아온 시인의 삶이 나이테에 겹쳐 있기에 시인 스스로도 거룩함에 감탄하고 있는 것이다. 이런 시인의 삶은 일단 퇴직 후의 중년의 삶도 거룩하고 경건하게 펼쳐나게 하는 원동력으로 작용하고 있다.

앞으로 활발히 펼쳐질 중년 이후 실버 시단을 이끌 시편들

"늙는 일만 남았는데 이렇게 좋다/잘게 부서지는 일만 남았는데 이렇게 좋다/방아깨비처럼 한세월 끄덕거리다가/비슬산 은사시나무 이파리 떼처럼/일제히 하얀 배를 내어밀었다가/허공에서 간혹 자맥질하다가/가을이 되어 누군가에게 거름이 된다는 거/누군가에게 숙성된 노래가 된다는 거"

-「퇴직」 전문

반평생 보낸 직장에서 퇴직한다는 건 누구에게나 일단은 막막한 심사를 가져다줄 것이다. 어머니 치맛자락을 놓친 어린애 같은 심사라고나 할까. 그러나 시인에게 퇴직은 또 다른 숙성된 삶을 구가하는 축복이 되고 있다.

또 다른 삶을 수확하는 계절, 가을로 기꺼이 시인은 접어들고 있다. 이런 중년의 축복된 삶을 구가하게 하는 힘, 그래서 누군가에게 도움이 되게 하는 삶도 시인의 일관된 원죄 의식, 속죄의 그 피나는 나이테에 바탕 한 것이다.

> "은퇴교육을 받고 있다/아침 일찍 일어나 수안보 사우나를 갔는데/고만고만한 내 유년시절 소년들이/전깃줄에 철새 앉듯 욕탕에 걸터앉아 있다/모두 살아온 날들을 회상하는 걸까/앞으로 살아갈 날들을 두려워하는 걸까/자기 삶의 깊이만큼/몸을 담근 채 허공을 바라본다/이제 손이 닿지 않는 등허리의 외로움을/세월의 바람이 긁어주랴/친구야 친구야"
>
> -「또래」 전문

온천 탕 속을 향한 시인의 시선이 온천수마냥 따스하다. 카메라 렌즈를 들이댄 듯 사실적으로 묘사하면서도 피사체의 마음까지도 따스하게 읽고 있다. 같이 은퇴교육을 받고 있는 사람들을 유년시절 또래의 친구로 바라보는 시인의 마음이 따뜻하게 읽히는 시다. '자기 삶의 깊이만큼 몸을 담근 채'라는 표현에는 카메라 앵글에 담긴 피사체의 풍경과 시인의 마음이 얼마나 절묘하게 겹쳐져 있는가.

그렇다. 은퇴의 중년은 결코 허공처럼 외롭지만은 않다. 또래들과 함께 돌아가는 울긋불긋 꽃동산 속의 유년의 삶을 다시 시작하는 것이다. 해서 이번 시집은 중년의 삶을 사실적으로 찍어내면서도 구원과 희망을 불어넣는 중년시집의 모범으로도 읽힌다는 것이다.

"당신의 뒷모습은/푸르다 못해 검은/동해바다"(「아버지의 뒷모습」 전문). 중년이 돼서야 비로소 터져 나올 수 있는 시다. 제 몸 피 흘리며 온몸으로 새겼을 문신, 나이테를 거룩한 제전으로 볼 수 있는 나이가 돼야 감탄으로 터져 나올 수 있는 절창이다. 중년, 노년에 이른 허름한 아버지의 뒷모습은 기실 푸름이 겹겹이 쌓인 검푸른 동해바다와 같다는 것은. 이런 시인의 성숙한 시선이 중년의 삶을 더욱 깊고 푸르게 하고 있다.

"암사역 3번 출구/은행나무 아래 구두 수선점 한 켠/나란히 앉아 있는 구두들/전동차 노약자석에 앉아 계시는 어르신들처럼/모두가 힘이 없다//누구보다 열심히 떳떳하게 살아온 날들/비가 오나 눈이 오나/이 땅을 단단히 다지며 다니지 않았던가/한쪽만이 닳았다/아버지의 어깨가 그랬다//구두수선공은 가끔 고개를 갸우뚱거리며/구두 굽의 통증을 그라인더로 야무지게도 갈아 낸다/이제 사천 원에 광택도 내어 보잖다"

-「은행나무 아래 구두 수선점」 전문

한쪽만이 닳은 낡은 구두에서 노년들이 이 세상을 얼마나 살만하게, 든든하게 다져왔는지를 들여다보고 있는 시다. 지하철 노약자석에 앉아 있는 어르신들은 이 사회의 잉여분이 아니다. 그들의 통증으로 지하철도 놓고 우리도 이만큼 살아가고 있지 않은가. 중년에 이르니 이제 아버지 세대의 고통도 남은 희망도 같이 느끼며 우리 시대 참다운 중년 시집 역할을 톡톡히 해내고 있는 시집이 이번 시집이기도 하다.

"그대 맨홀뚜껑을 열고/하수도관을 내려다 본 적이 있는가/용암처럼 뜨거운 피가 흐른다/아직 혈기가 있어 입에서는 하얀 김을 내어 뿜는다/몇 날 며칠 어깨를 부딪치며 흘러 온 것일까/집집마다 사람들이 외면한 것들이 모여/저렇게 힘찬 노래를 부른다"

-「하수도」 전문

하수도를 소재로 한 시다. 한 30여년 일간지 문학기자와 문예지 편집자로 문단 한가운데서 현장평론을 해오고 있지만 하수도 오물을 이렇게 힘차게 노래한 시는 본 적이 없는 것 같다.

사실적인 묘사로 그대로 하수도를 노래한 시로 읽을 수도 있지만 "용암처럼 뜨거운 피", "아직 혈기가 있어" 등의 의인화와 "집집마다 사람들이 외면한 것들"등의 표현에서 하수도가 우리 시대가 외면하고 있는 중년, 노년층의 우의寓意임을 어렵잖게 알아차릴 수 있다. 그런 노인 문제를 환기시키면서도 당사자로서의 체험과 각성이 들어있어 울림을 더 크게 하고 있는 시다.

"옛 이야기를 열고 있네요/어둡고 긴 미로의 얼굴이/은피라미 떼처럼 반짝이며/열리고 있어요/세발자전거 유년의 기억도/새록새록 돋고 있어요//하수도 귀퉁이에서/수년 간 홀로 수절한 홀씨 하나,/밤새 잠 뒤척이며 여행 준비를 하네요/가장 낮은 나라에서 가장 높은 꿈을 그리며/닿아서 또 아파해서는 안 될 자유를 그리며//이제 살아온 만큼의 고통은 다 지워지고/솜털에 맑은 바람이 찾아오면/그 허허로운 세상 어귀 한 곳/봉숭아 피는 돌담 틈에서/온 하늘을 이고 푸른 이야기 나눌게요//아아 더 낮아질 곳 없어 어둠이 역류하였던 곳/그리고 우리의 눈물이었던 나라/청계천,/이제 아침 햇살 반짝이는 너의 가슴 언저리에서/다시 씨의 여행을 하고 싶다"

-「청계천」 전문

한때는 하수도 오물들이 모여 흘렀다. 이제는 맑은 물이 흐르고 있는 청계천 찬가로 읽어도 좋을 시다. 그러나 다시 한 번 읽어보면 그리 간단치 많은 않은 시의 깊이가 내장된 시다.

바로 위의 시와 연관해 읽어보면 중년의 지나온 고통과 앞으로의 꿈과 희망, 그리움이 힘차게 펼쳐지고 있는 시다. 식물, 아니 우주 생명의 씨앗인 "홀씨 하나"는 시인, 한 개인의 인생 역정뿐 아니라 우리네 역사도 대변해주며 다중적 울림을 주고 있다. 이렇듯 이번 시집에는 중년으로 접어들고 있는 시인 자신을 진솔하게 둘러보며 중년, 노년들의 삶에 희망을 주며 시대적, 사회적 파장과 의미를 주는 시편들도 눈에 많이 띈다.

시를 쓰며 자연스레 깨치는 시와 삶과 세계의 본질

"시가 뭐 별거냐/시는 사기고/시는 아무것도 아닌 것에 대하여/새벽에 자판소리 시끄럽게/모니터에 낙서하는 것이고/내가 그 화면 안에 들어가 앉아/기도하는 것이고/내가 공기 한 점이 되는 것이고/내가 물이 되는 것이고/내가 바람이 되는 것이고/내가 네가 되는 것이고/네가 내가 되는 것이고"

-「시」 전문

과감하게 '시'를 제목으로 내건 시에 대한 시, 시론시詩論詩다. 공자는 '사무사'라 했지만 시에 대해 뭐라 한 마디로 정의 내린다는 것은 참 어렵다. 인간이나 신이 무엇인가고 묻는

말에 시원히 답할 수 없는 것처럼 온전히 정의 내릴 수 없는 게 시다.

이런 시에 대한 분분한 논의를 점검하기 위해 서양의 시론 학자들이 1982년 캐나다 토론토대학에 모여 '시와 신-신비평' 세미나를 열었다. 그 세미나를 지켜본 한 시론학자는 "이 세상에서 '신神'과 '교수'만이 시가 무엇인지 알고 있다. 그러나 신은 그것이 무엇인지 말하려 하지 않고 교수는 그것이 무엇인지 말할 수조차 없다"고 했다

그런 시에 대한 물음에 자신의 시 쓰기 체험을 통해 진솔하게 답하고 있는 게 위 시다. 위 시에서도 처음엔 시에 대한 답을 부정하고 있다. '사기'라고. 정의 내릴 수, 말 할 수 없는 것을 말하고 써야하기에 사기로 본 것이다.

그러나 이내 구체적 체험으로 돌아와 내가 네가 되고 네가 내가 되는 것, 우주만물이 한 몸 한 마음으로 서로서로 통하는 것이 시라고 보고 있다. 시의 요체인 서정抒情의 핵이 바로 너와 나는 하나라는 동일성의 시학 아니던가. 이처럼 이번 시집에는 시 쓰기의 진솔한 자세를 묻고 대답하는 시론시들도 눈에 많이 띈다.

"바람/바람이 시인데/시인은 시를/종이에 오염시키네//바람을 고스란히/종이에 담을 수도 없으면서/내가 바람이고/네가 바람이고자/허공에 그리는 언어의 몸짓//지울 수 없는/이생에서의 너와 나/공존의 진한 노래 그림자"

-「바람 시」 전문

앞서 살펴본 「시」에서와 같이 이 시에서도 시를 부정적으로 바라보고 있다. 시는 바람 같이 잡히지 않는 것인데 시인은 시를 종이에 잡으며 종이를 오염시키고 있다고.

맞는 말이다. 언어는, 시는 실재며 본질을 잡을 수 없다. 해서 일찍이 도교道敎 창시자 노자老子는 "말로 전할 수 있는 도는 불변의 도가 아니다道可道非常道"고 설파했다. 현대문예이론가 필립 휠라이트도 "실재實在, Existence는 언어의 능력 밖에 있다"고 언어의 불구성을 밝혔다.

연인에게 사랑한다는 말을 아무리 잘 전하려 해도 진심의 반도 못 담아내는 게 말이며 글이라는 것을 우리도 체험을 통해서 잘 알 것이다. 언어의 그런 불구성에도 불구하고 어떻게든 진실, 본질의 그림자라도 잘 전하며 소통하려 애쓰는 것이 시라는 것을 이 시는 보여주고 있다.

"'산은 산이요/물은 물이다'라는 법어가 있지만//나는/'아파트는 아파트요/핸드폰은 핸드폰이다'라고 말하고 싶다//자신의 잣대로만 잴 수 있는 삶의 깊이를/깊다 얕다 말할 수 없으리//타인을 규정짓고/자신에게 모든 것을 맞추려했던/프로크루스테스,/행인을 잡아 자기 침대보다/사람이 길면 사람을 자르고/침대보다 사람이 짧으면 사람을 늘려 죽이던//삶의 깊이는/아파트는 아파트일 때/핸드폰은 핸드폰일 때/내가 나를 버리고 당신과 함께일 때/가장 깊고 넓은 바다가 된다"

-「신新 법어, 함께」 전문

우리 시대 널리 알려진 고승 성철 스님도 설파했듯 '산은 산이요, 물은 물이다'는 말은 불교도에게는 물론 일반에도 널리 알려진 선禪적 화두話頭다. 자신만의 생각, 곧 아집我執이나 켜켜이 쌓인 관념에 갇혀 세상을 보지 말고 있는 그대로 보란 것이다. 함부로 규정짓고 자신만의 잣대에 맞추려 하지 말고 나 아닌 모든 세계를 있는 그대로 놔두란 것이다.

나아가 아집의 근원인 나마저 버릴 때 세상은 있는 그대로 보이고 그런 세상과 차별 없이 무등하게 어울린다는 게 불교에서 말하는 화엄세상이다. 이 시에서는 그런 불교의 법어와 그리스 신화에 나오는 프로크루스테스의 침대를 인용해 그런 시세계와 세상을 꿈꾸고 있다. 나를 버리고 나 아닌 모든 것과 어우러지는 '함께'를 강조하며.

> "아무것도 아닌 것을 위해/기다린다/아무것도 아닌 것을 위해/아파하고/아무것도 아닌 것을 위해/외로워 한다//아무것도 아닌 것을 하다/쓰러지고/아무것도 아닌 것을 하다/눈이 먼다//아무것도 아닌 것이/아무것도 아닌 것을 위하여/아무것도 아닌 곳으로/나를 끌고 간다"
>
> -「아무것도 아닌」 전문

우리네 삶도 그렇고 삶의 본질을 탐구하고 전하는 시도 아무것도 아니다. 덧없는 행위가 삶이고 그런 무상無常한 삶에 아무런 대가를 바라지 않고 바쳐지는 무상無償의 행위가 시다. 그런 삶과 시의 궁극, 본질을 자연스레 떠올리는 시다.

이 시에 반복되며 시를 끌고 가고 있는 "아무것도 아닌 것"에는 '아무 것도 없음'의 무無와 공空, '아무것도 아님'의 부정, 비非가 강조되고 있다. 이 무나 공이나 비는 모든 것을 부정하며 세상을 텅 빈 공으로 보는 동양사상, 특히 불교의 핵심이다.

무나 공은 그러나 모든 것을 낳고 생긴 것들이 다시 돌아가는 텅 빈 공간이다. 없음이면서도 있음이다. 그래 공즉시색空卽是色이요 색즉시공色卽是空인 것이다. 이렇게 시인은 시 쓰기를 통해, 시가 무엇인가를 끊임없이 궁구하며 자연스레 삶과 우주의 본질적 문제에까지 자연스레 다가가고 있다.

종교적 경지로 승화돼가는 절절한 그리움

> "언제부터인가 나는 먼 곳을 바라보는/습관이 생겼다//세상의 찌꺼기 씻어낸다고 올 여름에도/만경들판 지나/선운사 지나/멀리 수평선 바라볼 수 있는 구시포를 찾아가는데/빨간 고추잠자리 한 마리가/자동차 백미러에 덜렁 올라앉아/자기도 세상의 찌꺼기 씻어내야 한다며/무임승차를 한다//여름이면 사람만이 지쳐 있는 줄 알았는데/세상의 생명 있는 모든 만물이/싱싱한 공기 한 줌이 그리운 게다/옥양목 같은 바닷바람이 그리운 게다//저 먼 곳으로/저 태평양의

가장 깊은 곳으로/끌려가는 썰물의 몸부림이/몸부림이 아니라는 것을/이제는 알 것 같다"

-「구시포 가는 길」 부분

일상과 마음을 꾸밈없이 드러내고 있는 시인데도 깊고 아득하다. 삶의 깊이, 철학을 내장하고 있으면서도 그리움이 밀물져오게 하는 시다. 이 시집이 비록 첫 시집이지만 시인의 삶과 시의 내공이 그대로 전해져오는 시다.

만경평야 지나 선운사 지나 수평선을 바라볼 수 있는 바닷가 구시포로 가는 여정을 사실적으로 그리고 있는 데도 저 먼 곳을 향한 그리움이 묻어나고 있지 않은가. 그리고 그 그리움이 우리네 삶의 총화요 본연이라는 것을 아주 자연스레 떠올리고 있지 않은가.

백미러에 무임승차한 고추잠자리 같은 미물도 한 생명으로 보는 시인의 대자대비심이 그 그리움을 끝 간 데 없이 아득하게 하고 있다. 그러면서도 그 그리움을 육지를 향해 밀려들어왔다 다시 온 데로 돌아가는 저 썰물, 우주운항의 도道라는 데까지 끌어올리고 있는 시다.

그렇담 그리움이란 무엇인가. "서울 객지생활 사십 년에/

고향과 이어진 끈은/세월이 갈수록 더 굵고 단단해졌다// 나 죽을 때 무덤까지 가지고 가야할 끈이다”(「그리움」 전문) 라는 시에서처럼 그리움을 시인은 객지와 고향 사이를 잇는 끈이며 평생 지니고 있어야할 것으로 보고 있다.

그렇다. 가만히 생각해보면 우리네 삶의 알파요 오메가가 그리움이다. 시는 물론 모든 예술을 낳는 요체가 그리움이다. 원래 하나였다 이제 헤어진 너와 나 사이의 거리를 잇는 끈이 그리움이다.

고향과 객지, 이상과 현실, 다가가려 하지만 닿을 수 없는 그 사이가 그리움을 낳는다. 해서 그리움은 인간을 현실적 인간으로만 머물지 않고 더 멀고 높은 것을 향하게 하는, 인간성을 지키게 하는 추동력이 되는 것이다.

> “건너 마을 둑방길 따라/잔칫집에 다녀오시는/어르신들의 하얀 두루마기 행렬이/너를 닮았다//이제 손사랫짓도 닮았나 보다/일생 동안/그립지 않은 것들을 닦아내는 일이/그렇게도 힘들었니//허리마저 가냘프게 깎여/석양 무렵 네 앞에 서면/살아온 너의 삶은/더 진하게 나에게 다가온다”
>
> -「억새」 전문

억새를 바라보며 억새와 하나가 돼가는 시인을 그대로 그린 시다. 석양 무렵 허옇게 핀 억새에서 유년시절 흰 두루마기 입으신 어른들의 모습을 떠올리고 있다. 또 바람에 온몸으로 흔들리는 억새에서 손사랫짓을 봐내고 있다.

뭐를 사양하고 거절하는 손사랫짓을 시인은 "그립지 않은 것들을 닦아내는 일"이라며 순수한 그리움을 환기시키고 있다. 살다보면 두고두고 그리움으로 남지 못할 일들을 거절하는 경우는 또 얼마나 많았던가. 다 피어 허옇게 센 억새꽃에서 그런 수없는 거절로 닳은 손사랫짓을 봐내며 시인과 억새가 한 몸이 돼가고 있는 시다.

> "자작나무 앞에 서면/내 얼굴은 홍조를 띠구요/몸은 수줍음을 타구요/살아온 길을 회개하구요/취하기도 하구요/이유 없이 눈물을 흘리기도 하구요/먼 산을 바라보기도 하구요/그리움에 사무치기도 하구요"
>
> -「자작나무 앞에 서면」 전문

참 예쁘고 솔직한 시다. '-구요'를 반복하며 점강법으로 술술 잘 넘어가면서도 마지막엔 '사무치는 그리움'에 이르고 있는 시다. 이번 시집엔 자작나무를 소재로 한 시편들이 적잖이 눈에 띤다. 하얗게 순결을 떠올리는 기품 면에선 나무 중 으뜸으로 치는 게 자작나무다.

그런 자작나무에 동화돼가며 자신의 부끄러움을 솔직히 털어놓고 있는 시다. 원죄의식에 떨며 회개하는 모티프로서 시인 자신만의 자작나무를 성공적으로, 감동적으로 풀어내고 있는 시. 그런 시가 이른 곳이 바로 그리움이다.

> "자기 몸/으깨어서 떠나간다/가다가 하나의 생이 없어지면/또 뒤에서 튼튼한 녀석들 밀고 따라와/소리의 생을 잇고/결국, 어머니의 탯줄이 된다/여러 갈래로 가고 싶은 곳을 찾아/앞서거니 뒤서거니/어디에 가 닿아도/홀로 피어야 한다는 것을 잘 아는 녀석들/저렇게 피멍 들도록 몸 으깨어/온전한 분신으로 떠날 수 있는 것도/오직 사랑 때문일 터이지만//그곳에 가면/그럴싸한 탑 하나 쌓을 수 있을는지?/그곳에 가면/또 하나의 몸이/또 하나의 몸을 밀어내며/탯줄 같은 사랑을 할 수 있을는지?"
>
> -「종소리」 전문

쇠북 종소리를 그린 이 시 참 가슴이 먹먹하도록 감동적이다. 인간의 깊고도 솔직한 심사가 성경이나 팔만대장경 등 모든 종교의 지고지순한 경지를 실감으로 껴안고 있는 시다. 이런 시의 위엄도 "탯줄 같은 사랑", 가없는 그리움을 드러내게 하고 있다.

제 몸 깨져라 두르려 나온 종소리, 특히 그 맥놀이 들어보신 적 있을 것이다. 소리 가닥가닥 산을 넘고 계곡을 건너 사방으로 흩어져 멀리 퍼져 가면 또 뒤따르는 소리의 맥놀이. 그 종소리의 맥놀이에서 시인은 세상의 이치를 보아내고 있다.

한 탯줄에서 나와 사방으로 흩어질 수밖에 없는 우주만물의 삶. 그런 삶의 실존의 한계상황에서도 또다시 하나 되고픈 탯줄의 사랑. 이게 기독교의 요체인 사랑이고 불교의 대자대비 아니겠는가. 그것이 우리 실생활, 우리네 마음속에 영원히 각인된 그리움 아니겠는가. 인간으로서의 유한한 존재가 신의 지경의 지고지순을 꿈꾸는 안타깝고도 절절한 그리움의 절창이 「종소리」다.

이처럼 이번 시집 『그 이후의 여행』에서 시인의 끊임없는 속죄에 의한 경건하고 순결한 시 쓰기는 그리움으로 수렴

되고 있다. 그 그리움이 중년 이후의 삶을 더욱 희망차고 건강하고 깊게 가꿔나가고 있다. 이런 좋은 시 계속 보여주며 앞으로 만개할 실버 시단 견실하게 이끌어주시길 빈다.

그 이후의 여행

1판 1쇄 발행 2019년 4월 05일
2쇄 발행 2019년 4월 24일

지 은 이 | 이문연
펴 낸 이 | 노용제
편집·디자인 | 서용석
펴 낸 곳 | 정은출판

출판등록 | 제2-4053호(2004. 10. 27)
주 소 | 04558 서울시 중구 창경궁로1길 29 (3F)
전 화 | 02)2272-8807
팩 스 | 02)2277-1350
이 메 일 | rossjw@hanmail.net

ISBN 978-89-5824-388-5 (03810)

값 12,000원